À fond,
les rollers !

Conforme à la loi n°49956 du 16 juillet 1949 sur les publications destinées à la jeunesse.
ISBN : 209282053-9

N° de projet : 10073627 - (I) - 7 - CSBTS 170 - Mars 2000
Impression et reliure : Pollina s.a., 85400 Luçon - n° 79939

Hubert Ben Kemoun

À fond, les rollers !

Illustrations de Régis Faller

NATHAN

À l’école, tous mes copains

ont des rollers.

Des super patins de compétition

avec des sangles automatiques.

Sur les leurs, Farid réussit

des sauts prodigieux

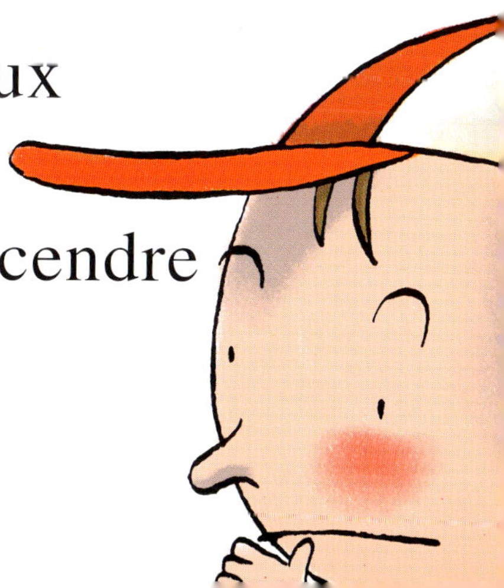

et Lucien peut descendre

un escalier...

Moi, je n'ai que les vieux patins
à roulettes de mon cousin Simon.
Il me les a offerts quand
il est passé, lui aussi, aux rollers.

– Nicolas, tes patins sont bien suffisants ! disait mon père.

– Tu sais, j'avais le même genre de modèle quand j'ai appris à en faire ! ajoutait ma mère.

– Mais moi, je sais déjà en faire et mes patins sont nuls ! On ne peut pas foncer avec ! Ils sont trop lourds !

– Nicolas, nous ne t'achèterons pas de rollers pour l'instant !

Je crois que mes parents
sont très heureux de me voir
sur des patins identiques
à ceux qu'ils avaient
lorsqu'ils avaient mon âge.
Je n'arrive pas à leur faire
comprendre que j'ai honte
de sortir mes vieux patins
devant mes copains.

Au Géant Distri-Marché,
j'ai repéré une magnifique paire de rollers rouge et or, à 39 euros. Tristement, j'ai refait mes calculs des dizaines de fois. J'ai droit à 1 euro d'argent de poche par semaine. Avec les 12 euros que je possède déjà, il me faudrait attendre encore 27 semaines avant de pouvoir me les offrir.

Et encore, à condition de ne rien
dépenser durant tout ce temps.
Ni barres chocolatées,
ni pochettes d'images
de champions de surf
pour ma nouvelle collection...
Impossible !

– Tu n'as qu'à demander une augmentation d'argent de poche à tes parents !
m'a conseillé Farid.
– Ils trouvent qu'un euro par semaine, c'est bien assez pour mon âge...
– Et c'est quand ton anniversaire, Nico ? a demandé Sam.
– Dans six mois ! C'est si loin !
– Alors, il n'y a pas de solution ! a conclu Pierrick en s'élançant à toute allure sur la piste de skateboard du parc.

J'ai suivi mes copains comme j'ai pu, en me traînant sur mes vieux patins.

PARC

À la maison, j'ai essayé de faire un peu pression sur mes parents. J'ai recopié un premier dessin de rollers dans un catalogue publicitaire et je l'ai affiché dans ma chambre.
Le second, plus grand et en couleur, je l'ai scotché sur la porte du réfrigérateur.
Au bout d'une semaine, personne ne dessinait les rollers mieux que moi. Il faut dire que j'en avais bien fait une cinquantaine.

Un matin, papa a découvert une
de mes œuvres me représentant,
patinant sur des rollers de rêve.
Je l'avais pliée dans son bol
du petit déjeuner.
– Nicolas, j'ai dit non ! a-t-il hurlé.

Je ne savais plus quoi faire, jusqu'au jour où Farid est arrivé au parc avec une nouvelle pochette d'images de champions.

– Ils organisent un concours sur les sports de glisse !

– Et alors ? Tu veux que je m'inscrive dans la catégorie « ridicule » ! ai-je dit.

– Non, Nico, c'est pas pour une course... Ils organisent un concours de dessins ! a-t-il rectifié.

Farid avait raison !
Il fallait dessiner un surfeur, un patineur ou un skieur.
Il y avait deux catégories : les 5/8 ans (c'était pour moi) et les 9/12 ans.

Le concours était doté de super prix. Le gagnant de chaque catégorie gagnait un voyage à Paris avec ses parents, et les suivants, des baladeurs et... pour les dixièmes aux vingtièmes... des rollers !

– Premier, sûrement pas !
Mais entre dixième et vingtième...
tu as ta chance, Nico !
Il faut que tu fasses ce concours !

Sam et les autres n'ont pas eu à insister pour me convaincre. J'ai refait des tas de croquis de patineurs en rollers. Chaque jour, je les apportais à l'école pour les soumettre à leur jugement.

– Celui du patineur sur les nuages est le plus réussi...
En plus, c'est une idée drôlement originale ! a dit Hugo.
– Non, on voit mal les roues en ligne, et les bras sont trop longs ! a critiqué Farid.

– Moi, je préfère celui avec les patins énormes et le patineur minuscule ! a fait Pierrick.

– N’importe quoi, le meilleur c’est celui avec le saut périlleux en rollers ! Tellement mieux ! a dit Sam.

Comme ils n'étaient jamais d'accord, il a bien fallu que je me décide tout seul.
J'ai recopié un globe terrestre dans un atlas, et je me suis appliqué pendant deux jours sur un dessin de patineur qui fait le tour de la Terre.

C’est celui-là que j’ai envoyé
au concours. J’ai payé
l’enveloppe et le timbre
avec mon argent de poche.
Et puis j’ai attendu.
C’était si long !

Pire que d'attendre Noël, parce qu'avec Noël on peut compter les jours, mais là, je ne savais pas quand arriveraient les résultats, ni même s'ils arriveraient...

Chaque matin, mes copains me demandaient des nouvelles. Je n'avais rien à leur annoncer.

Je pensais avoir échoué quand, un soir, maman m'a accueilli avec un étrange sourire.

– Nico, tu as envoyé quelque chose à un concours ?

– Oui, m'man ! J'ai eu une lettre ? ai-je fait tout excité.

– Pas une lettre, un coup de téléphone !

– J'ai gagné les rollers ? ! Dis-moi, je les ai gagnés !?

– Non, Nicolas, pas les rollers ! Tu as gagné le voyage à Paris !

En entendant cela, je n'ai pas pu m'empêcher de fondre en larmes.
– Je ne voulais pas du voyage, je voulais les rollers !

Maman n'a pas compris.
Elle, elle était fière de moi, et très heureuse de cette invitation à Paris.

– Je ne voulais pas être premier !
ai-je répété en sanglotant.
Je crois que c'est pour me consoler
qu'elle m'a emmené
au Distri-Marché.
Une demi-heure plus tard,
j'en ressortais avec mes rollers
rouge et or.

Mais ce que nous ne savions pas,
ni elle, ni papa, ni moi,
c'est qu'en plus du voyage,
j'avais gagné une paire de rollers
avec tout un équipement.
On me l'a offert à notre arrivée
à Paris...

Voilà comment, en rentrant
de notre week-end, j'avais mille
souvenirs dans la tête et...
deux paires de rollers.
De quoi devenir un roi de la piste !

Hubert Ben Kemoun

Hubert Ben Kemoun regarde aujourd'hui, avec inquiétude et admiration, ses deux fils effectuer des figures compliquées sur leurs rollers.
Quand il avait l'âge de Nicolas, il n'avait que des patins à roulettes et ne tenait pas longtemps dessus. Ce qu'il fait rouler maintenant, depuis plusieurs années, c'est son stylo sur les feuilles de papier, pour écrire des histoires pleines de pirouettes. Et c'est toute une gymnastique !

Régis Faller

La première fois qu'il est monté sur des rollers, ce fut le plus beau jour de sa vie.
Quel sentiment de liberté ! Depuis, il rêve de recommencer, dès que son métier d'illustrateur lui en laissera le temps.

Retrouve Nicolas en " Première Lune " dans :
Tous les jours, c'est foot !
Même pas cap !
Ce n'est pas le vrai !
C'est quoi ta collec ?
Comme une grenouille

DANS LA MÊME COLLECTION

ARNAUD ALMÉRAS

Barbichu et
la machine à fessées

Barbichu et
le détecteur de bêtises

Barbichu et
le Confiscator

Calamity Mamie

Les vacances de
Calamity Mamie

Le Noël de Calamity
Mamie

Calamity Mamie
et bébé Chloé

HUBERT BEN KEMOUN

Tous les jours, c'est foot !

Même pas cap !

Ce n'est pas le vrai !

C'est quoi ta collec ?

Comme une grenouille

À fond les rollers !

JEAN-MICHEL BILLIOUD

Le vélo, c'est trop dur !

NICOLAS-JEAN BREHON

Un petit grain
de rien du tout

FLORENCE CADIER

Qui est Laurette ?

CLAUDE CLÉMENT

Princesse Chipie
et Barbaclou

Bon anniversaire,
Barbaclou !

Princesse Chipie
et Barbaclou
en vacances

JEAN-LOUP CRAIPEAU

Un Noël à poils doux

FRANÇOIS DAVID

Le bouleau de Loulou

Allo papa,
raccroche ?

ELSA DEVERNOIS

Qu'est-ce que tu me
donnes en échange ?

DANIELLE FOSSETTE

Je ne veux pas aller
au tableau !

Je me marierai
avec la maîtresse

JACQUELINE FRASCA

Dent de loup

ANNE ET CLAUDE GUTMAN

Comment se débarrasser
de son petit frère ?

CLAUDE GUTMAN

Doudou Premier

FANNY JOLY

Juliette Mangemiette

Dédé télécommandé

CATHERINE LAMON-MIGNOT

Gentil squelette
cherche amourette

Y'a un fantôme
dans les cabinets !

THIERRY LENAIN

Menu fille
ou menu garçon ?

Mademoiselle Zazie
a-t-elle un zizi ?

Vive la France !

Dans la même collection

Thierry Lenain

Série "Bravo Léo" :

Crocodébile

Tête de grenouille

Merci moustique !

Silence, les monstres !

Au secours, les anges !

Gérard Moncomble

Mimi la Montagne

Anne Naumovic

La fêlée du logis

Geneviève Noël

Un super anniversaire

Le perroquet bête comme ses pattes

Yves Pinguilly

Les vacances du poisson rouge

Maman, j'ai des points bleus !

Michel Piquemal

Laissez passer les biquettes !

Yak Rivais

Lutinet cherche une glace

Ann Rocard

Le loup qui avait peur de tout

Le loup qui tremblait comme un fou

Le loup qui n'avait jamais vu la mer

Le loup qui sifflait trois fois

Le vampire qui avait mal aux dents

Béatrice Rouer

T'es plus ma copine !

Mon père, c'est le plus fort !

Le pestacle et les pétards

Nulle en calcul !

Tête à poux

La maîtresse en maillot de bain

Le fils de la maîtresse

Je le dirai à ma mère !

C'est mon amoureux !

La tête à Toto

Souris d'avril !

Sourichérie

Le fantôme des oubliettes

Éric Sanvoisin

Bizarre le bizarre

Alain Surget

C'est moi le plus malin !

Emmanuel Trédez

Et si les poules avaient des dents ?

Claire Ubac

Hugo n'aime pas les filles

Comment j'ai trompé la petite souris

Zidrou

Le grand amour de Mathurin Pinpin